COTIDIANOS

Etiene Arruda

COTIDIANOS

1ª Edição
POD

KBR
Petrópolis
2013

Edição de texto **Noga Sklar**
Editoração **KBR**
Capa **KBR s/ Arquivo Google**

ISBN 978-85-8180-172-8

KBR Editora Digital Ltda.
www.kbrdigital.com.br
www.facebook.com/kbrdigital
atendimento@kbrdigital.com.br
55|24|2222.3491

FIC029000 - Contos

Etiene Arruda é graduada em Letras e especialista em Literatura Inglesa e Americana pela USP, São Paulo. Atuou em mais de 35 livros como revisora, tradutora e coordenadora editorial. Jornalista, estrategista de negócios e palestrante, gosta de enfatizar que é profundamente humana e traz a eternidade na essência. *Cotidianos*, seu livro de estreia, reúne contos-crônicas que narram fatos inesperados e marcantes sobre personagens comuns. O livro inclui o conto "Efígie", premiado com Menção Honrosa na Itália e convidado a integrar a antologia bilíngue *Pensieri in Paroli*, publicada em 2013.

Email do autor: etiarruda@gmail.com

Dedico este livro aos meus pais, que souberam transformar cada pequeno fato cotidiano de suas vidas em uma história, recontada em valores profundos que carrego comigo através de minha própria história cotidiana.
*Eu o dedico, também, aos fantásticos professores de Literatura que tive a honra de ter como mestres, e que lapidaram meu olhar. Citando alguns, Prof. Dr. Carlos Vecchi (USP), Profa. Iara (*in memoriam — *Universidade São Marcos) e Prof. Djalma (*in memoriam — *recitador de versos e textos inteiros em sala de aula).*

AGRADECIMENTOS

Quando se faz um livro, a lista de agradecimentos pode se tornar um capítulo. São muitas as pessoas que contribuem, de maneira direta ou não, para o resultado final. Aqueles que me conhecem e compartilham de minha amizade sabem de minha gratidão. Quero, porém, destacar algumas pessoas.

Mariana Brasil, este livro é produto de seu incentivo direto e de sua arte de motivar a criação dos artistas das letras. Muito obrigada!

Clayton Nantes, depois de anos atuando no universo corporativo, foi seu convite que me trouxe ao exercício da produção de livros. Sua inteligência múltipla, somada ao apuro e olhar clínico como professor e editor, tornam cada atuação ao seu lado um aprendizado visceral e precioso. Muito obrigada!

Alair e Neomilton Oliveira, amigos e pensantes, que reafirmam frequentemente sua admiração por minha criação literária em conversas regadas por uma xícara de chá ou café. Seu desprendimento é inspirador. Obrigada!

Eli Arruda, poeta nato e meu irmão. Aos seis anos fiz minha primeira composição com você — pronto, estava iniciado o amor à literatura, cultivado entre músicas e leituras ao longo da minha infância. Obrigada!

Francisca Arruda, minha mãe. Poesia em forma de gente. Aqui está parte do resultado de tudo que aprendi e observei em seus gestos e da força sob seu olhar meigo. Obrigada!

Meus sobrinhos — **Stephanie Arruda**, entusiasta de todos os livros em que atuo, com seus olhos verdes brilhando ao ver acontecer cada mágica dos efeitos literários costurados; **Isabelle Arruda**, graça, meiguice e inteligência combinadas, aplicadas exemplarmente — inspiração; e **Gustavo Arruda**, literato nato e aula viva de apuro no universo da criação literária. Deus fará brotar em vocês as sementes no tempo certo.

Eni Arruda, minha irmã, que com sua brilhante inteligência e percepção me emprestou seu tempo, ouvindo alguns dos contos. As reações dela aos efeitos construídos no texto foram termômetro do apuro que usei.

Luis Celso Mello, Bruna Reis, Jacilene Brataas, Pr. Ronei Oliveira, Roseni Kurányi e Sara Garcez, amigos cuja gentileza em conhecer alguns contos me inspirou a lapidar alguns detalhes – o cotidiano de cada um é feito desses detalhes.

Noga Sklar, minha editora, cuja sensibilidade e brilhantismo literário me encantaram. Tim-tim com xícara de chá!

Sumário

APRESENTAÇÃO

Tenho uma predileção pelo outono. As cores da estação, as surpresas que o vento faz com seu rastro inesperado, os repentes divertidos que mudam toda uma rotina. Gosto muito de observar os desenhos das folhas formando tapetes coloridos nas ruas e parques. Ninguém imagina quanto tempo faz que aquelas folhas caíram ali, ou quanto tempo durarão.

Isso me inspirou a pensar *Cotidianos*, este livro que você tem em mãos.

Há um outono diário, as folhas despercebidas caindo ao longo do dia. Cada pessoa tem seu próprio outono, cheio de pequenas folhas.

E os cotidianos passam despercebidos como as folhas que caem das árvores. Não se pode impedir sua queda, nem o fluxo das horas.

É meu prazer dividir com você o resultado dessas pequenas considerações sobre personagens que passaram por mim, fotografados em palavras e eternizados em literatura.

Pessoalmente, gosto de ler tomando um cafezinho ou um chá. Escolha seu momento cotidiano, e seja meu convidado.

Boa leitura!

A autora

Quinze Segundos

Durou o tempo em que os dois metrôs pararam lado a lado.

Ela em um vagão — ia para o leste.

Ele no vagão oposto — ia para o oeste.

Os trens emparelharam. E os olhares se fixaram. Quinze segundos.

Bonito penteado. Obrigada. Ficou bem o azul. Também gosto. Talvez minha cor preferida. A minha também. Sorriso rápido. Bem que você podia estar neste vagão. Mas não estou. Por que não o contrário? Em outro dia de sorte, talvez.

A surpresa foi o aceno de cabeça de ambos, com o trem já em movimento.

A cumplicidade pode durar quinze segundos, mas fica na memória.

DOLORES

Jamais coloque a xícara à esquerda do prato — a senhora falou, em um tom entre ríspido e contido. Mas não tocou na xícara. A escrava apenas se aproximou, servil, e a trocou de lugar.

— Perdão, minha senhora.

Sem mais uma palavra, a mulher se emper-tigou e começou a passar geleia de morango em um biscuit. Indiferente.

Os bordados da xícara combinavam com os guardanapos de linho engomados.

Dolores acordava muito cedo para fazer a goma. Pegava a mandioca e colocava de molho, inteira, por um longo tempo. Ali ela era amas-sada e virava uma pasta muito branca. Era coa-da em um pano ralo, ou uma peneira bem fina.

Cada pingo caindo ia formando um líquido, que mais tarde era usado como goma nas roupas alvas e de gala de seus senhores. A senhora não admitia roupa mal engomada — avisara desde o primeiro dia.

A farinha de mandioca — que secava sozinha na peneira e era depois colocada em potes na cozinha após ser cozida sobre uma pedra, em uma fornalha — era, mais tarde, misturada ao feijão dos almoços. Era o deleite do patrão, especialidade da escrava, que, por sua vez, aprendera com sua mãe, na cozinha da senzala.

Pensava em tudo isso enquanto esperava, impassível, o café da manhã terminar, observando a patroa mastigando o biscuit. A patroa tinha visita, uma sinhá amiga, de longa data, e conversavam animadamente. Os brancos tinham outro jeito de ser amigos: sentavam-se e trocavam risadas por nada. Depois se iam, e fugia de sua lembrança a amizade até o próximo encontro. Não tinham troncos.

As duas mulheres se levantam da mesa, os vestidos amplos e cheios de anáguas de seda fazendo o barulho das damas quando caminham no assoalho de madeira que ela mesma encerava de tempos em tempos. As duas vão para a sala de estar, falar de coisas das festas e das senhoras da sociedade: quem casou, quem morreu, quem fugiu, quem chegou. As risadas eram ouvidas.

Dolores então aproveitou para tirar a mesa do café. A toalha branca de linho era alvo de seu de maior cuidado, desde que começara a servir no salão, diante das visitas. E foi então que, distraída, esbarrou sem querer em uma das xícaras, que além de derramar o que restara do café de uma das mulheres, rolou na mesa sob o olhar atônito da jovem negra de feições delicadas, agora transtornadas, e se espatifou ao chão.

Rapidamente, ela se debruça e começa a juntar os cacos. Não houve tempo — a senhora entra de supetão na sala.

— Mas o que é que aconteceu desta vez? Será possível... oh, minha xícara, herança da minha avó!

Dolores se levanta e baixa o olhar. A patroa fala entredentes — acaba de lembrar que não pode gritar tanto, há uma visita ouvindo.

— Você pretende quebrar tudo em minha casa, escrava? Descuidada!

O ralho soa pouco aos seus ouvidos juízes. Então acrescenta, lhe parecendo a punição mais óbvia para aquela inútil, que se retirasse imediatamente após ter limpado os cacos todos. E sai teatralmente, como gostava de fazer desde menina, mimada pelos pais quando batia os pés para não tomar ponche.

Dolores engole o choro, recolhe os cacos e sai.

Algum dia, algum dia... ela ia usar vestidos com babados lindos e jamais brigaria com sua escrava. Tinha horror a gritos. Retirou-se ao final. A senhora não ia querer lhe ver o rosto pelo resto da tarde, tinha certeza. Então foi para a cozinha. As batatas a esperavam para serem descascadas e ouvir seus pensamentos. Pegou uma das facas. Precisava amolar um pouco. Ela a amolou. Sentou-se. Que calor! E quantas batatas!

Dolores vai descascando as batatas e sonhando. Certa vez, tinha visto a escola da filha da senhora, quis muito aprender a ler quando viu aquelas cobrinhas todas no papel. Que será que diziam? Gostava de fingir com a faca que escrevia — seu maior sonho. Um dia saberia ler e escrever.

Mas sua vida mudou para sempre: a senhora pegou tuberculose no tempo do frio maior, e não passou de um ano para ela dar o último suspiro. As rosas que foram colocadas em seu caixão, Dolores as colhera.

A mãe da senhora, quieta e com o olhar

desolado, os cabelos muito alvos, presos, observava a tudo. Dolores cuidou dela por todos os anos seguintes, discreta e atenta. Depois de alguns anos, caiu de cama também a mãe da senhora.

Antes de morrer, lhe entregou um papel cheio de cobrinhas, que ela achou lindo. Pena que não sabia ler. Mas antes de explicar do que se tratava o papel, a mulher também se foi.

Dolores, passado o luto e retomada a vida, fez do papel um belo quadro, que colocou na sala de sua pequena casinha — tivera que sair da casa de suas ex-senhoras.

Pendurou o quadro e deixou o tempo passar. Muito tempo. Muito.

Já doente, velha, abatida, acamada, pobre, com dívidas, Dolores chamou um médico à sua humilde casa. O médico, ao lhe falar, notou o belo quadro. Perguntou a ela o que estava escrito nele, mas ela não sabia ler, jamais descobrira o que eram as cobrinhas.

O médico pediu licença, e leu: "Por este documento, outorgo a Dolores dos Reis todos os meus bens e propriedades, e o direito de viver nesta casa pelo tempo que quiser".

Dolores viveu em extrema pobreza porque

nunca soube que era muito rica. Passou a vida em necessidades, quase em ruína, comendo o que tinha para comer, sofrendo, sem saber de sua condição.

Foi a bisneta dela que me contou sua história, quando estávamos estudando juntas. Naquele ano, a bisneta, também chamada Dolores, se graduaria Doutora em Literatura.

O diploma foi colocado em um lugar de destaque, ao lado do quadro, o legado de Dolores e suas xícaras floridas, com chá fervilhante, servido sobre o linho engomado, o bagaço da mandioca esquecido a um canto da cozinha.

BORRA DE CAFÉ

Ninguém fazia subir uma fumaça como aquela, quando a chaleira virava a água fervendo. Era aquele cheiro pela manhã, impregnando o ar. O oxigênio mudava de agá--dois-ó para agá-dois-ó-mais-pó-preto, igual a delícia escura. Ela nunca tinha sido boa em química, mas era boa em fazer café, sua especialidade. Batia qualquer padaria, melhor que qualquer barista. Nada menos que arte.

Arte com horário — o café da tarde já não tinha mais o mesmo rito de passagem, era aquele café com pressa, café de gole, de quinze minutos de intervalo. As conversas bebidas entre um gole e outro, gargantas diferentes. Mas o da manhã, não.

O da manhã era assim. A água do filtro, sempre. Era determinante. Esquentava por seis minutos. Fogo no pontinho três. Bico da chaleira sempre voltado para a porta. A segunda chaleira comportava outra água, essa sim, podia ser da torneira. Escaldaria as xícaras, para deixá-las bem quentinhas. O café tinha que estar na temperatura ideal, dois graus a menos que a considerada por ela como quase quente. A cafeteira precisava de outra água, e assim o calor era garantido, por dentro e por fora. O controle ideal. Tudo emborcado em um pano de prato branco, bem alinhado. Tudo alinhado. Agora o pó.

Extraforte, moído, grãos selecionados. Abria o recipiente de café e fechava os olhos, sorvendo os primeiros aromas, que indicavam se o sabor seria perfeito. Seria. Então, a colher. Uma colher de pó para cada quatro xícaras. Água em ponto de fervura, a chaleira cantando ópera em i semitonado.

Ela não apaga o fogo de pronto. Espera algumas notas musicais saírem. Enquanto isso, ajeita cuidadosamente o filtro de papel no coador. E só então vira a chaleira cuidadosamente — um fio de água descendo e dele saindo a fumaça, dançando, liberta. Esse é o momento do encanto. Ela acompanha o desenho da borra de café no coador.

Gosta de sonhar com o desenho da borra acumulada em círculo no coador de papel, como montanhas dispostas, um anel preto, de pó molhado. Vai circulando a chaleira para que todos os relevos da montanha fiquem sempre do mesmo tamanho.

Nivelar montanhas era mesmo o seu forte. Tornar todas em pequenos morros.

E prossegue o ritual. O ar já é outro. A água escoa. A borra vai mudando daqui e dali, até que para, vencida, e se acumula mais ao fundo. Proteção simples, mas é este o segredo.

Ela anunciava o café. O líquido tinha destino certo: a mesa. E a borra, esquecida, ia endurecendo, ali, quieta. Não importava sua contribuição para o preparo do café, seu destino era o lixo.

Ela sempre pensava, ao colocar o guardanapo de papel cheio da agora inútil borra do café, que a utilidade tem prazo para acabar, mas o sabor, não. Às vezes se comparava com a borra e ficava subitamente desconfortável — parecia um desperdício, uma ingratidão. Quase culpa, de usar tanto pó.

De tanto pensar, decidiu usar a borra de café como adubo. Não queria mais a identidade, resolveu trocar a utilidade final. E usou para as plantas, misturando borra e terra.

Agora, quando berra a chaleira, a borra sorri, e as montanhas parecem mais desenhadas. Ela cumpre todo o ritual, mas a melhor parte é jogar a borra em um pote, esperar secar, e depois misturar, para adubo. Quase barro.

Bebe mais feliz. O sabor é único. O café dos aliviados.

PRAZO DE VALIDADE

Peguei a caixinha do medicamento que vinha usando, quase viciada nele. Surgisse a dor, era aquela a minha cura.

Mas uma amiga me disse para olhar o prazo de validade e fui conferir. Anos de uso. Estava vencido, e em lugar de me fazer bem, me fazia mal. Os efeitos colaterais eram maiores que os benefícios.

Não bastava apenas jogar fora a caixa do remédio — joguei também o frasco, com o restante de conteúdo. Ainda tinha uma boa quantidade, podia durar talvez mais alguns meses, mas só faria mais mal ainda. Lixo, destino certo, portanto.

Devo guardar a receita? — penso, num impulso. Posso precisar da prescrição daqui a algum tempo.

Corro o risco de que uma fórmula tão boa não esteja mais disponível no futuro, em caso de nova necessidade. Amasso cuidadosamente a receita. Não. Se nova necessidade surgir, encontrarei outra receita. O tempo terá passado, a compleição será outra. Meu organismo, minha maturidade orgânica. Serei outra pessoa. Precisarei de outra receita, quem sabe nem precisarei mais de um medicamento assim.

Por ora, usarei o oxigênio. É meu fator vital, de fato. Desconfio de receitas caseiras — "só por hoje", como dizem os sempre anônimos. Só por hoje, vou respirar e sobreviver.

A lata de lixo será levada à noite, quando o lixeiro da mente passar e apagar o que sobrou dos neurônios do dia.

EQUILIBRISTA

Fingia que andava ereta, sem vacilo, sem nuances, sem resvalos, sem escape. Mas fugia dos buracos a cada segundo.

Havia uma corda bamba sob seus pés. Caminhava equilibrista mais do que desfilava o desenho do sapato — nessa hora, parecendo mais atenta ao desenho do chão.

Sua grande dúvida era se olhava para frente, para o chão, para os buracos, para os degraus que tinha que subir ou descer, para os outros olhares. *Não devem estar olhando para mim, tanto quanto não tenho tempo de olhar para eles* — pensava. De onde tirara a ideia de um salto agulha?

Diziam-na atraente no andar. Atração estranha, que contava com o sorriso alheio ao suor frio que surgia a cada susto de um tombo. Podia ser divertido de ver. É sempre bonito ver o equilíbrio alheio.

Ah, que bom. Uma calçada sem desníveis. O céu pode significar um chão reto, não necessariamente mais que isso. Os pés nunca mais ficarão no chão. Caminham sobre dois pontos de equilíbrio, somente dois. Em vez de esquerdo e direito, é onde tocar primeiro e equilibrar segundo.

Ser mais alta, olhar mais alto, pisar mais alto. Mas sem equilíbrio, o tombo é certo. Quem foi que associou sapato baixo e confortável a deselegância? Ah, sim. A curva das pernas, a coluna mais reta. Aquele médico me disse que minha coluna está sofrendo, ela lembra.

Opa, outro buraco três passos à frente. Desvio. Mas com elegância — não pode parecer que viu um buraco, que teve medo de cair, que assim, do nada, simplesmente desviou. Mas o que fazer? Pular o buraco? Não, não. Apenas disfarçar, é tudo que a elegância requer.

Tec tec tec. Piso de mármore. Passos com mais cautela — não há buracos, mas há o risco de escorregar. Piso molhado, alguém colocou em preto e amarelo. Por que não secou de uma vez? Agora sim. Carpete. Mais fácil. Para andar, o silêncio sempre ajuda. O alarde também é de-selegante.

Deselegante é o atenuador de calos que está entre o terceiro e o segundo dedos do pé direito. Justamente, é com esse pé que ela tem que entrar no elevador para garantir o dia bom, disseram. Mas naquela indecisão, pisou mesmo com o esquerdo. É torcer, agora. Não o pé, de preferência.

Foram cinco minutos de caminhada e de pensamentos. Só. Ela equilibrou tudo. E fechou-se a porta do elevador.

A Vizinha

Jamais ela se atrasava, e por isso era quase vital a rotina: dependendo do que fazia, a vizinha definia o que faria em seguida.

Se ela usava uma blusa, a primeira entreolhava pela cortina e sabia: ia esfriar.

A vizinha acordava antes, ouvia o noticiário, ela tinha certeza. Senão, como acertava exatamente levar ou não a sombrinha?

Era sua musa, sua bússola, seu manual do que vestir, do horário, aonde ir. Ia para a janela minutos antes de a vizinha sair, e rapidamente escolhia qual seria a roupa do dia. A vizinha virou seu guru à revelia.

Com o tempo, foi piorando. Se a vizinha saía

a pé, ela repensava ir ou não de carro — algo acontecera, e ela não ia correr riscos.

Sentia cheiro de bolo no ar — a vizinha estava cozendo um bolo, então, por que não se inspirar em ideia tão boa? Eram íntimas, de hábito e janelas.

A roupa no varal indicava que não ia chover. Ela estava em casa. A primeira decidia que valia a pena colocar a roupa na máquina de lavar.

Sofá novo? Bem, este meu precisa mesmo de um reparo, compramos quase que no mesmo dia. Era certo: na semana seguinte um novo sofá entrava por sua porta.

Um dia, viu um gato no quintal. Seria dela? Nunca tivera animais antes. Mas é sempre bom ter um por perto. E o bichano ganhou um primo em poucos dias.

Que bom ter uma ótima vizinha — pensava.

Mas.

Naquele dia, ela não saiu. E a indecisão bateu. O que fazer, vestir o quê? Algo sucedera, não era possível.

A primeira não sabia se ficava à janela ou entrava. Ficou. Perdeu a hora do trabalho.

Mas, e a vizinha? Nunca lhe perguntara o nome. O gato também sumira naquela manhã. O impasse a perturbava.

Inquietou-se. Não tinha como decidir, como escolher. Então ficaria em casa, até a vizinha aparecer. O pânico foi incomodando mais.

Tomou uma decisão. Não ia ficar assim, sem saber o que fazer o dia inteiro — precisava de um referencial. Era a hora certa de ir até à casa da vizinha e perguntar se estava tudo bem.

Caminhou até lá. Ainda parou no último degrau da escada, mas, finalmente, se decidiu. Queria saber o que acontecera. Tocou a campainha.

Segundos se passam.

A vizinha entreabre a porta. Olhar intrigado e surpreso. Tudo bem, vizinha? Não nos conhecemos antes, estou preocupada porque notei que você não saiu hoje em seu horário de sempre. Sei que é estranho, mas resolvi perguntar. Tudo bem? Pois é, fiquei em casa hoje. Obrigada por ter vindo! Tudo bem mesmo? Bem, para ser sincera... Ela olha, fortuita.

Deixa eu te dizer o que acontece. Estou mesmo é preocupada com a vizinha do outro lado. Reparei que ela hoje não saiu de casa. Você já notou que ela sai todo dia no mesmo horário?

A outra ainda olha, espantada. Era exatamente isso que fazia com a vizinha do lado.

Todas se copiavam todas as manhãs, para não errar a receita de viver.

PRINCE

Dona Saudade me visita todas as manhãs. Agora diz que tem um motivo concreto: o Prince. Traz-me recados dele. Diz que ele sente falta do meu afago pela manhã, do meu sorriso. Diz que Prince vive entrando debaixo da primeira cachoeira que vê, lá no céu dos cachorros, e todos riem dele.

Mal abro os olhos pela manhã, ajeito o cabelo num penteado solto. Ouço melhor Dona Saudade, que se senta no sofá do quarto à minha frente e continua seu monólogo, como se fosse um prazer ouvi-la. Não sei mais se é indiscreto da parte dela agir assim — está se tornando um membro da casa.

Aperto os olhos, de leve... impossível! Como ela chegou tão cedo, se foi embora tão tarde ontem, só quando adormeci?

Dá a impressão de que ela não tem mais nada a fazer. Reparo que ela me incomoda, quando não a ouço com atenção. Então decido ouvir o que ela diz.

Monologa que Prince, molhado, bota a língua de fora, como a sorrir. E depois adormece. Como ama água! Dona Saudade me vê sorrir e comenta que sim, claro que ele sempre gostou, desde bebê, quando nem sabia subir os degraus da escada! Meu sorriso se enternece e dá lugar às lágrimas contidas. Parece um teatro de emoções, todas enfileiradas para entrarem em cena.

Dona Saudade gosta desse teatro, quer vê-lo de novo. Por isso comenta do banho — enquanto eu tomava banho, Prince se deitava ou lambia o box, rabinho agitado, feliz por participar de tanta intimidade! Depois puxava a toalha enquanto eu me secava. Acho que adorava certo perfume, o Organza, porque quando usava esse, ele ficava mais arteiro, até que eu jogava um pouco nele. Aí se deitava até eu terminar de me vestir.

Eu girava nos pés. "Estou bem, meu docinho?" O rabinho dele, abanando, me dizia que sim.

Dona Saudade se oferece para tomar café da manhã comigo. Desço as escadas em silêncio, sem a confusão do meu cachorrinho presente. Ela senta-se à mesa. Recusa a torrada que minha mãe oferece, comentando o quanto Prince era inoportuno, às vezes, querendo uma. Tínhamos que ralhar. Mas a carinha dele, sentado... por que não, só uma torrada? Se soubesse que ele viajaria tão rápido, teria dado várias.

Quando vou para o carro, pronta para o universo executivo que me espera, Dona Saudade vem sorrateira. Barro-lhe a entrada no carro. "Não, por favor, fique... ou vá embora".

Ela me olha, cética. "Vou, sim, mas antes quero ver mais de perto tudo isso".

Olho para o espelho retrovisor e me ajeito no banco do carro, sem entender. Como é estranha essa Dona Saudade. E olho para ela de novo. Seu cenho está franzido de leve. Ela faz gesto de que vai se afastar, mas parece mudar de ideia. Dona Saudade volta-se para mim. Olha meus olhos. Vai me surpreender. Nunca antes tinha me dirigido a palavra assim. Vai me contar um segredo. Olho mais fixamente, apuro os ouvidos.

Dona Saudade se reclina e sussurra. E me conta por que me visita todos os dias.

"É curiosidade", fala baixinho, subitamente acanhada. "Prince conta todos os dias o que viveu. Fala da água, da torrada, da caminha. Fala do seu perfume, do seu abraço, do carinho no colo. Fala de todos os filmes que assistiu e de como ficou encantado, com todos rindo dele, quando viu um comercial na TV com cachorros, e ficou atento, orelhas em riste, e latiu". Dona Saudade está sorrindo? Assisto estupefata ao fenômeno.

"Prince", diz Dona Saudade — ela agora parece triste — "fala com tanto entusiasmo, que tenho inveja. Não me aguento, sabe? Venho aqui correndo, sentir mais. Ele descreve o momento do seu carro entrando na garagem, ele lá da varanda já sabendo que era você chegando. Fala muito do sofá, de lamber seu pé, fala de sua risada. Você costumava levantá-lo, sustentado nos seus pés, fazendo gangorra, não era?" Aquiesço. "Ele diz que amava isso. E que gostava de ouvir você chamá-lo de um jeito tão bonito... como era mesmo? Ah. Docinho de coco queimadinho". Dona Saudade sorri. Eu encho os olhos d'água. "Porque ele era cinza, queimadinho. Não era isso?"

Aperto os olhos. Recobro a noção do tempo. "Dona Saudade. Preciso ir". Agora ela me parece mais triste do que eu. "Não fique assim", eu digo a ela, enternecida. Ela chora? Ah, esse Prince. Reparo no sapato mordido dela. Prince esteve ali.

"Vamos lá, não fique assim", repito, mais enfática. Preciso animá-la. "Pode me visitar amanhã. E conte suas histórias. Ouvirei. E contarei as minhas. Sejamos amigas".

Dona Saudade engole o choro e diz que sim com a cabeça, retorcendo os dedos delicadamente. Parece melhor agora, recomposta. Melhor deixá-la se consolando. Prince, Prince.

Ligo o carro. Ligo a música. Dona Saudade me acena um tchau polido e tímido. Sei que voltará amanhã.

Ainda consigo vê-la, antes de acelerar o carro, chegando-se à minha mãe. Vão conversar sobre outros assuntos.

EFÍGIE[1]

Muito bonita aquela, do outro lado da rua. Parece que as roupas desta estação estão melhores que as do ano passado, realmente. Não vou deixar passar. Atravessa a rua, o semáforo já no amarelo, então ela corre, se desviando das pessoas na calçada. E para, diante da vitrine. Bonitas cores, mas não quero experimentar, só olhar mesmo. Esta ficou boa. Não há espelho, só o reflexo através da vitrine, e ela se projeta através dele na roupa exposta — são três manequins pálidas e sem olhos, mas magras e esguias. Eu poderia ser mais alta e magra como elas, mas não branca assim. Minha pele precisa

---

1."Efígie" recebeu Menção Honrosa na Itália e participou da coletânea de contos *Pensieri in Parole*. Itália: A.C.I.M.A., 2013.

de um creme para morenas. Ninguém acredita que em Nova Iorque não acho um creme adequado, que não deixe ressecar tanto. Nisso não consigo me adaptar, podem passar mais dez anos, não adianta. Compro ou não compro?

Dois passos para a esquerda e ela se imagina com outra roupa. Fico bem de vermelho. Chamo a atenção. Não liguei para minha irmã ontem, não posso esquecer, era aniversário dela. Posso comprar esse vestido preto e branco também. Compro dois e envio um para ela pelo correio, com um cartão, digo parabéns e pronto. Dá o quê? Dois ou três quarteirões daqui. Vou entrar.

Celular vibrando. Alô? Oi, Be. É? Quando? Não sei. Chego antes das oito. Ligo. Não, a gente terminou, aquilo não tinha futuro. Amigos, claro. Estou aqui na terceira vendo umas coisas. Tá. Beijo.

Essa verde. Fica perfeita com aquele colar que eu trouxe do Brasil, minha prima dizia coloca esse com um verde. Ela devia ter estudado moda. Se pisasse aqui não sairia mais. Aqui você tem que ser um na multidão, enquanto vai juntando dinheiro. Nada de sonhar, o negócio é não dormir. "A cidade que nunca dorme", diz aquela música do Sinatra. De tanto ouvir, sonhei em conhecer o lugar. Aqui estou. Realmente, esse verde dá vida. Cidade de pedra, isso sim. Coitadas das plantas — respiram pouco. O jardim de casa tinha até jabuticaba. Engasguei uma vez. Que aflitivo aquilo, prendendo a garganta e o ar. Detesto cachecol, mas é chique. Uso porque devo. Este eu trouxe de casa. Um ponto enxertado no outro. Enxertado. Os pontos se invadem uns aos outros, nem parece um acordo.

Embaçado o vidro da vitrine, ela não consegue ver o preço direito. Debruça o corpo, franze os olhos. Difícil ler números tão pequenos, acho que fazem de propósito para a pessoa entrar. E tem os centavos de dólar, nunca vi tanto metal difícil de manusear. Se a moeda cair na calçada, vai ser difícil encontrá-la. Americanos são altos e grandes. Difícil manusear algo tão pequeno entre os dedos. E não tem números, só letras miúdas. No começo foi difícil saber o valor do dinheiro. Vou levar as duas, verde para mim, cinza para minha irmã. Cinza. Cinza. Cor de indefinição. De velho, dizem. Não sei por que dizem isso, velhos não parecem indefinidos. Indefesos. Será que o indeciso é indefeso? Eu sou indecisa. Fala-se tanto de defesa por aqui. Do que as pessoas se defendem tanto? Cinza e verde. Cinza ou verde? Ou só verde? Cinza é essa cidade. Dizem que Nova Iorque é cinza. O Brasil é verde. Que nada, verde só a Amazônia, eles nem imaginam o que é São Paulo, e o barro depois de uma enchente. Uma vez levou todos os móveis de casa. Tudo marrom.

Abaixa-se para olhar melhor e a bolsa lhe escorrega pelo ombro. Gosto desse sapato marrom. É igual a um que usei logo que cheguei aqui. Andava tanto de metrô, e me espantava com o escuro por onde o trem e os ratos deslizavam, dia e noite. Nada de marrom, prefiro esse tênis amarelo. Como os táxis daqui. Da primeira vez que vi a estátua da liberdade, ela me pareceu tão menor que na foto! Estava justamente num táxi amarelo. Vou comprar.

Apruma-se. O ritual recomeça. Volta ao primeiro manequim. Inclina a cabeça. Mede-se através da transparência da vitrine. Ignora a palidez da manequim e o desajuste de tamanho. Move-se para a segunda roupa, empertigada. Põe-se de lado, medindo-se de soslaio. Faz uma expressão de rosto que parece dizer talvez. Se posta diante da verde e fica estática por alguns minutos, amoldando-se à roupa. Dá um passo para trás quase reverente. Vistoria tudo com os olhos novamente. Sorri. Vou.

Desliza os dedos pela roupa verde. Gostei. Cinza ou preto? Preto. Este mesmo, para presente. Sim, sacola.

A porta giratória é empurrada enquanto ela também empurra para sair. Alguém quer entrar ao mesmo tempo e a força do giro obriga a uma segunda volta desnecessária, mas inevitável, e ela sai do lado de dentro novamente, esperando para repetir o processo de sair. A seu lado uma mulher espera para sair também. Ambas se olham, um constrangimento educado e rápido. Ambas aceleram os gestos, as sacolas esbarram e caem ao chão, misturando o conteúdo. Duas moedas caem, as efígies para cima. *Cara ou coroa* — ela pensa. Duas roupas verdes caídas das sacolas estão derramadas no chão, idênticas. Não sabem mais a quem pertencem. Esta deve ser a sua, você é mais alta. Veja a etiqueta, meu número é menor. Que bom que foi fácil identificar, tenha um ótimo dia também. O verde é recolocado na sacola a que pertence, a porta é empurrada com mais delicadeza e cuidado. O ar da tarde é sorvido num alívio de estar do lado de fora. Esfriou, e uma chuva fina começa. Ainda bem que estou agasalhada, são três quarteirões até o correio, agora tenho certeza. E caminha.

Melhor achar um abrigo. Aquele está ótimo, um café vai bem. É o que sinto falta, o cheiro de café de casa. Um café, por favor. Pequeno. Só uma gota de adoçante. Sou o único ser humano que pinga uma única gota de adoçante no café, não quero contaminar o sabor com açúcar artificial. Tudo ao natural é melhor. Esse cabelo me caindo no rosto está incomodando, vou cortar logo.

A chuva aumenta. Carros buzinam e ela sorve pausadamente cada gole. Eterniza as gotas de chuva, olhar vítreo. Será que gastei muito? Está pago. Vou sair rápido. Dá tempo de passar no cabeleireiro depois do correio. Preciso lembrar o endereço completo dela, só me faltava essa. Melhor me apressar. Preciso entrar em forma, meu coração dispara com uma simples corrida. Essa cidade nunca para, mesmo, será que o semáforo vai fechar justo agora que preciso atravessar? Abriu. Parece um formigueiro. Falta o fôlego. Nenhum lugar do mundo tem esse colorido, acertei em vir morar aqui. Ela vai adorar o preto. Emagrece. Apressa o passo e consegue outro semáforo verde. Só mais um quarteirão. Ainda bem que é perto.

Para diante do correio. Não acredito que está fechado. O cartaz é lacônico: desculpe o transtorno. E se eu não desculpar? Tempo perdido. Tudo bem. Vou mais cedo ao cabeleireiro. Essa chuva vai demorar a passar. Pelo menos não tem lama nesse trecho da cidade, detesto lama. Finalmente umas plantas nas ruas. Está vibrando de novo, quem será? Alô. Oi, Be. Confirmado. Oito horas. Até. Beijo. Ela caminha, mais devagar agora. Não aguento andar tão rápido. Para alguns minutos sob um abrigo. A maquiagem borrou um pouco, vou retocar. Passa uma camada de batom, fita os olhos no pequeno espelho tirado da bolsa, um olho de cada vez. Que bom ser livre. Demorei a usar maquiagem, mas agora não ando sem ela.

Alguns minutos para se recompor. Só uma pequena corrida agora. Tempo de esperar esse semáforo abrir. Cruzamento é o que não falta nesta cidade. Finalmente verde. Agora vou.

E caminha, desviando de pessoas e poças, cruzando as riscas brancas no asfalto. Cinza.

PARÊNTESES

(E por falar nisso) Pensei em mudar a cor dos cabelos (gosto do vermelho). Quando quero mudar, mudo mesmo (tomara que achem bonito). Um corte bem curto, radical (se errar a mão, fica desnivelado, qualquer falha aparece mais), muito mais prático (vou economizar shampoo por um bom tempo). Tem o detalhe das roupas, terei que mudar o guarda--roupa para algumas peças mais modernas, para combinar (liquidação à vista, senão fica difícil uma compra maior, só aproveitando as peças que já tenho para dar conta do recado).

(Quase esqueci) Se eu mudar a cor dos cabelos, será que não vai ficar forte demais esse vermelho (só me faltava essa, um erro desse tamanho)? (Melhor não radicalizar) Melhor pensar duas vezes (pensando duas vezes, é o melhor: não radicalizar).

(Indecisão é uma coisa ruim demais, deixa a pessoa sem saber o que fazer) Vou decidir de uma vez: nada de indecisão. É hoje. Ninguém decide por você, nem a cor dos cabelos (vou na Maria, que sempre me dá boas dicas). Confiança é tudo, ainda mais em si mesma! Chama-se autoconfiança, a psicóloga me disse (não é assim, chegou, faz, qualquer um muda tudo — tem que pensar, tomar decisão pensada; depois que mudou, até voltar ao que era antes vai tempo). Tempo é dinheiro.

(Será que quando a pessoa diz que não tem tempo o que ela não tem mesmo é dinheiro, e está justamente usando o tempo para conseguir dinheiro?) Sei lá. A pessoa vai a um lugar, faz errado e depois é difícil consertar. Nem o tempo conserta. Chega (vou amanhã). Amanhã. Amanhã... depois de amanhã (pronto, decidi). Essas coisas são fáceis de resolver.

Preta de Sol

mas, espelho espelho meu, e se não houver alguém mais feia do que eu, assim sem cor, sem blush, sem batom, sem nada? ah, espelhinho espelhinho meu, faz alguma coisa, que essa cor não combina com nada e não vou trocar essa pulseira, de jeito nenhum! o batom é *nude*, e a cor combinou. estou com fome de maçã. mas nada de veneninho, hein, espelho espelho meu? que de neve eu não tenho nada, e o sol do Rio queima como nunca vi nada igual. eram sete os anões no trabalho, mas pareciam gigantes, e cantavam o dia todo que iam, que iam, para casa agora iam, mas nunca iam — gostavam mesmo era de ficar e jogar boliche depois do trabalho. a última floresta que vi, espelho espelho meu, nem tinha árvores. a prefeitura derrubou para construir mais casas.

deixaram lá umas quatro árvores, de tanto os vizinhos protestarem. espelho espelho meu, diga se há na escola prova de matemática mais difícil do que a minha. não, não, não, espelho. você alguma vez na sua vida já viu raiz cúbica? e inequação? tá vendo, espelho espelho meu, como você no fundo não entende nem de maçã, nem de floresta, nem de matemática? agora começo a desconfiar de você. fale a verdade, espelho espelho meu, você já viu um desfile de modas, para realmente entender de beleza, aquela coisa de ponta, tipo vai cair bem? estou achando que você não passa de um espelho, espelho espelho meu. e que minhas perguntas estão ficando no vácuo, como se diz. tá bem, já que vou te dar mais uma chance, me diga: quem é a bruxa? porque começo a desconfiar de tudo que é fada madrinha. ah, agora você me diz que esta história não tem fada madrinha? e nessa terra alguém consegue alguma coisa sem indicação e empurrão, espelho espelho meu? oh, drama, onde está o príncipe, onde? se nem maçã comprei no mercado, como vou desmaiar? só se for de fome. espelho espelho meu, só vou te dar mais uma chance. tirando as atrizes das novelas, as top models, as moças que são capas de revista, as siliconadas e as que fizeram lipo, tirando as que malham muitas horas mais do que eu, tirando as atletas, tirando as misses, existe pelo menos alguém assim, tipo legalzinha que nem eu? olha a colher de chá que estou te dando, espelho espelho meu. e essa conversa por chat não está dando mais. aqui na escola não posso usar tanto o celular assim. faz o seguinte, nem quero mais ouvir a resposta.

Avessos

Jamais se devia segurar um passarinho na mão, muito menos deixar dois voando em meio a esta cidade poluída. E se a pedra não for tão dura e não houver água, por que desperdiçar? Talvez eu prefira andar sozinha, e nesse caso ficará mais difícil dizer quem sou. Os fingidos sempre parecerão boa companhia — fica difícil preferir estar só. Melhor colocar logo os dois olhos no gato e deixar o peixe e o aquário na deles.

A galinha está de dieta, prefere os grãos moídos, não quer o "papo" cheio de grão em grão. Até porque assim a digestão será melhor. O conto contado tem a liberdade do aumento do ponto, senão vira jornal de televisão, e poetar é preciso.

A voz do povo geralmente é uma gritaria

enorme, que não tem muito a ver com a voz de ninguém mais além dos líderes do movimento. Convém pensar e usar protetor de som nas orelhas, às vezes.

Tempo é o que fazemos dele, já dinheiro é aquilo que você usa para buscar a felicidade, que, aliás, pode vir a pé, se for o caso, e aí vai demorar mais a chegar. Quem espera, sempre espera. Quem alcança lutou para alcançar — quem sabe esperando, quem sabe, justamente, não esperando.

O apressado fica com gastrite, não porque come cru e sem sal, mas porque sai correndo e come um lanche na rua, por sempre pensar que está atrasado. Aqui se faz, mas na hora de pagar alguns podem preferir cheque, e assim ganham tempo —— que, justamente, não é dinheiro.

Filho de peixe pode ser gato, que come o peixe. Convém examinar e não jogar o gato no aquário, achando que ele vai nadar. A surpresa será grande.

E por falar em gatos, quem não tem cachorro, não caça com animal nenhum. Alguém já viu um gato farejador?

Em boca fechada pode não entrar mosca, mas corre-se o risco de não engolir alimento algum. O que os olhos não veem pode ser algo apenas escutado, e o coração vai sentir do mesmo jeito. Se a carapuça servir, repense seu gosto estético, porque carapuça é totalmente *démodé*!

Nem sempre se aprende errando, às vezes errando se desaprende. O erro por si não ensina nada, só desanima. E é bom se animar rápido, porque devagar não se vai tão longe assim, e se o ônibus demorar passar, perde-se a hora.

LÁPIDES

Hábito estranho: ela gostava de ler lápides. O fim a fascinava mais do que o começo das coisas. Gostava de ouvir as tragédias de todos. Era sua grande oportunidade de ser útil, dar um conselho, servir de rumo para alguém perdido entre tristezas. Foi virando um negócio. Por que não ganhar dinheiro em cima da composição de lápides?

Funcionava assim: a pessoa não sabia o que escrever na lápide do defunto que nem esfriara ainda, e já era uma lembrança começando a ter necessidade de ser lembrada. Então ela pedia uma conversa com o responsável pelo relato, e dali criava o epitáfio. Era uma delícia. Começou a perceber que as pessoas contam hábitos bonitos de quem morre, até os hábitos que antes incomodavam se tornam em virtudes, anedotas narradas numa mistura de lágrimas e sorrisos quase envergonhados — a pessoa que contava se flagrava rindo em um momento em que devia estar chorando copiosamente.

E ela ia ouvindo, atenta, para de um detalhe inesperado fazer perguntas sobre os gostos, os livros que a pessoa apreciava, as músicas, as diversões, os filmes. Certa viúva, após narrar por quarenta minutos o amor que sentia pelo falecido marido, inspirou um epitáfio lugar-comum: "Do primeiro ao último momento, sua para sempre", foi a lápide. Acostumou-se a saber que a intensidade do desejo de eternizar aquela última bondade escrita era tão efêmera quanto a vida que tinha se acabado horas antes. Isso se tornou mais evidente depois que foi ao casamento dessa mesma viúva, três meses depois.

Chegou à conclusão de que as lápides eram a última maquiagem do defunto, e eram necessárias — a literatura coroando em letras o que as flores coroavam na decoração. Algumas murchavam. Parecia depender não só do frescor, mas também do tempo de cultivo.

O boêmio foi uma de suas mais interessantes inspirações. Um amigo a contratou para criar o epitáfio dele, e logo começou a reproduzir a alegria que o defunto tivera em vida para ela criar a frase com que seria enterrado. E nesse afã, começou a narrar sem parar as estripulias do morto, as aventuras, os romances, as noites boêmias, as brigas passionais, os segredos, as fofocas. Pediu uma cerveja para acompanhar a conversa, e logo parecia mais um encontro de boteco.

Para se inspirar, lia os epitáfios das lápides dos anônimos — media sua criatividade pelo que lia nas pedras esquecidas dos cemitérios. Anotava algumas, para não esquecer, e seu caderno era o confidente escondido, geralmente no fundo da bolsa.

Ela ficou famosa, procurada por todos. Agenda cheia, tempo curto. Mal se alimentava, dormia pouco. Mas se sentia realizada.

Tinha só um detalhe: tanta leitura e criação lhe trouxeram uma pergunta, que guardava só para si: qual seria a lápide que fariam para ela? Não queria deixar para outros a tarefa de sintetizar sua vida em uma frase. Receava que não a resumissem adequadamente, logo a ela, praticamente profissional nisso.

Então garimpou as frases mais bonitas e as guardou só para si. Sorria enquanto criava outras, inspirada. Anotava a todas em um caderninho particular — era de onde escolheria a melhor delas, que seria a sua. Deixaria avisado aos amigos qual era sua preferida, aquela que a descreveria melhor. Seria a mais bonita, a mais genial — a sua própria. Era seu segredo. Decidiu que no dia seguinte ia revelar aos amigos o que queria em seu epitáfio. Guardou cuidadosamente na gaveta, a última.

Tudo falhou. Morreu de ataque cardíaco naquela noite e ninguém teve coragem de criar algo lindo à altura de tamanha celebridade. Desconheciam seu caderno de anotações.

Colocaram apenas "Saudade", logo abaixo do seu nome.

A Princesa das Sete Notas

Os dedos eram retorcidos, marcados pelo tempo. As rugas faziam desenhos que contavam histórias, bastava que se movessem durante uma fala. A música saía das histórias. Às vezes cantava histórias, às vezes contava as músicas.

Era uma mulher formidável, de setenta e sete anos. Sua vida tinha números igualmente formidáveis: era a primeira de vinte e oito filhos. Ela mesma tivera, mais tarde, nove filhos. Viajara milhares de quilômetros para estar onde estava agora, cidade grande, hábitos do sudeste. Vinha do nordeste, das plantações a perder de vista, do feijão de corda que tocava música nos campos, onde os pais cultivavam o melhor que podiam para sobreviver.

Casada, deu o último beijo no esposo quase cinquenta anos depois de ter dito sim. Olhou enternecida depois, para os pais, quando cada um se despediu a seu modo e fechou os olhos — já o pai não se lembrava de sua feição antes mesmo de dizer um adeus que ele também não entendia.

As horas do dia ficaram mais longas, então. O ponteiro parava para observar o sol escorrer no céu ou saltava assustado, quando o cochilo vinha visitá-la nas tardes solitárias, agora que os filhos todos já tinham seus pares e os que restavam viviam em negócios que lhes roubava a chance de ouvi-la — as histórias todas repousadas, silenciosas como ela, no sofá, ou regando as plantas e os pensamentos.

Então o piano lhe sorriu.

Dentes brancos entrecortados por desafios em preto. A professora de piano lhe disse, impressionada com sua idade e determinação em aprender, que talvez não fosse ter um rendimento como os demais alunos. Ela sorriu de volta, o sorriso dos desafiantes e vitoriosos: aceitava o último lugar, desde que sua música fosse ouvida.

O piano sorriu com ela.

Ela, que ouvira tantas vezes os filhos musicistas vida afora, noite adentro, nos saraus inesperados e bem-vindos, e os observara em silêncio, cochilando quando os ponteiros anunciavam que a madrugada já tinha começado fazia tempo e então se recolhia, cansada e pensativa, ela agora se sentava ao piano, determinada a descobrir quantas notas cabiam naquelas teclas. Nessas horas, pedia para o ponteiro do relógio não dizer as horas, apenas ouvir. E ele obedecia, impressionado.

Três anos se passaram. Ela descobriu sete mágicas que, combinadas diferentemente, construíam castelos, universos, venciam guerras, pintavam quadros, exalavam perfumes, faziam os anjos dançarem.

Abdicou de todos os outros reinos e ficou com esse apenas, permeado de borboletas pousantes em pautas — tinham nomes estranhos, eram mínimas e se abraçavam em colcheias, fusas ou semiquases, mesmo o abraço sendo breve, semibreve.

Convocou um exército de bemóis e sustenidos, que se revezavam a cada história que contavam para ela. Os cenários eram tão fantásticos quanto sua perseverança inabalável, narrando histórias com os dedos marcados pelo tempo, seu verdadeiro metrônomo interior. Maestrina de multidões de sentimentos e pensamentos.

Os sons faziam desenhos nas estrelas através da janela, a brisa entrava para escutar a sinfonia e dançava também, convidando as violetas que ela dispunha nas pausas de sua própria canção.

Diante do piano, uma orquestra se formava logo ao nascer do sol, executada nos intervalos dos afazeres cotidianos, e só descansava quando a lua cochilava, com seus últimos sons do reino dos sonhos e novas realidades. A amazona era ela, sentada à sela do banco em frente a seu cavalo-piano.

Os dedos endurecidos ganharam um vigor novo, traduzido em pausas e danças entre as teclas.

O piano sentia sua ausência quando ela se ocupava com as coisas sem sentido da vida cotidiana, como preparar o arroz soltinho e branco aromando a alho fresco, ou ajeitar as roupas no varal exalando o cheiro do campo que saía do sabão em pó e do perfumador líquido, que outra mão não fazia igual.

Artista disfarçada de avó, observou a neta estudar para um conservatório e lhe deu um último conselho, antes da prova final para a qual se preparava. Enquanto a beijava, aconselhou, general das partituras, que não se esquecesse de tocar nenhum sustenido. A neta passou no conservatório. Ela, então, sorriu, triunfantemente meiga — viram só? A neta ouvira seu conselho. A testa franzida indicava a seriedade da estratégia que garantira a vitória.

Os desenhos da partitura se amalgamaram para sempre às teclas do piano através de seu toque mágico, e as pautas agora têm sabor de amizade antiga — ela e as músicas que escorrem todos os dias por entre seus dedos calejados e idosos. Lembranças partilhadas com o piano.

E aos oitenta anos, sabe tudo da vida, cantada em sete notas e várias pausas.

É minha mãe. Minha música. Minha musa.

E são meus os dedos que agora desenham sua história com letras, a saga de uma amazona que passeia todo dia, princesa, na floresta encantada das partituras que ela dispõe cuidadosamente todas as manhãs, para então escolher qual história vai contar para quem quiser ouvir.

A Voz

Aconteceu numa sexta-feira. O telefone tocou, naquele tipo de momento em que não se quer que ele toque. Ela atendeu, distraída. A voz do outro lado disse um alô, quem fala. Ela pensou na resposta que daria, porque o som da voz era inebriante. Apelou para a educação e perguntou com quem ele queria falar, já pensando em se adaptar à personalidade que ele quisesse, só para ouvir mais. Ah, era engano. Queira desculpar. Acontece! Às vezes a gente liga e erra o número... Ele sorriu, a voz sorriu. Concorda, realmente acontece. Que número você discou? Ele repete os números. Cada número é um afago sonoro. Acho que não é mesmo seu número, ele diz ao final, e ela acorda do devaneio. Tudo bem. Desculpe e obrigado. Ele desliga. Será que ligará de novo?

Ligou no dia seguinte. Alô. Oi, quem fala?

Ela reconhece de imediato e escolhe o melhor tom de voz para responder. Sou eu de novo, parece que desta vez você acertou o número. Ele também ri do outro lado da linha. A conversa se estabelece entre coincidências e apreciação, toda ela traduzida em interjeições.

Falam-se agora todos os dias. Passa a ficar periódico. Trocam os números. Reconhecem-se nos dias em que o outro está mais triste. Empolgam-se com as pequenas coisas do dia a dia. Interrompem-se no cotidiano, quando a conversa passa a acontecer fora da agenda agora existente em uma relação inteiramente sonora. Ambos ensaiam o que seria um encontro pessoal e desistem da estreia.

Chega o dia da falha — a ligação não acontece, o outro não responde à chamada, e nasce a primeira apreensão. Ela se admite agora necessitada de ouvir a voz todos os dias, independente do tempo de conversa ou do tema. É uma dependente sonora.

Passa o primeiro mês. O terceiro.

São amigos de voz. Confidenciam-se, opinam-se, devaneiam.

Já sabe que ele mora na mesma cidade. *Isso facilita um encontro* — pensa. Mas por que ele não sugere? Será casado? Será de má índole?

Será feio? Quem será? Agora nasce a dúvida. A dúvida é a visão míope com óculos escuros.

E foi com óculos escuros que entrou naquele dia no supermercado. Ia comprar algo rápido. Quando ia dizer desculpe, ouviu. Não foi nada. Era a voz. Mas ele saiu rápido, antes mesmo que ela lhe visse o rosto.

Foi uma espera longa até o próximo telefonema. Quando ia mencionar o incidente do supermercado, ele falou primeiro. Estava saindo em férias e tinha ligado só para se despedir, não tinha muito tempo, mas ligaria da cidade de destino. Ela engoliu a empolgação e manteve a polidez. Na volta marcaria um encontro.

Os dias se esvaziaram de sons. Só a voz lhe ficara na memória. Os dias se tornaram semanas, e as semanas um mês, que sucedeu a outro, e mais outro. Nunca soube novamente dele.

Eu também queria uma história que terminasse com um desfecho adocicado. Então, tenho uma ideia. Para que fiquemos felizes, o leitor e eu, vamos fazer o telefone tocar. Um, dois, três, quatro toques. Ela não atendeu, estava no banho. E ele concluiu que ela não queria mais falar com ele.

O silêncio traduz mensagens nunca enviadas. Mas também não é elegante ouvir conver-

sas de terceiros ao telefone. Então vamos entrar
em consenso. Em alto estilo. Era uma sexta-feira de novo. O telefone tocou, naquele tipo de
momento em que você não espera que toque.
Ela atendeu, recomposta das ilusões, de novo
entre afazeres. Alô? Alô, diz a voz.

Vamos sair da história para que conversem
com privacidade.

AMANACI

Amanaci corria feliz pelo caa, sentindo o verde sob os pés. Era cedinho e o baquara já tinha lhe contado que era a melhor hora para ouvir o canto da floresta. Tinha visto uma coisa linda no dia anterior e não ia contar para ninguém: um cani de verdade. Até ali só tinha ouvido falar deles, os canis, que iam chegar perto da tribo e iam trazer presentes para conhecer seu povo. Os caigangues não tinham visto nada igual antes, e as histórias eram contadas à roda da fogueira à noite, quando tudo silenciava, e os guarinis falavam das conquistas do dia — era o cuessé sendo montado, para honrar os homens que traziam notícias e comida. Amanaci olhava os pontinhos voando para o céu estrelado. Saíam da fogueira, e ela deitada no colo de Cy.

Mas agora descobrira o jeito de ver um cani. Não tinha medo. Subiu pelo morro para ficar a uma altura boa e ver, escondida no capim alto. Lá vinha a caravana, os cavalos, os canis que usavam panos para esconder os desenhos do corpo que ela não via. Como contavam suas histórias? Povo estranho. O capim e o cabelo de Amanaci balançavam. Era a brisa. Um guirá passa voando, pertinho. Ela vê rápido, mas os olhos estão no cani mirim. Era do mesmo tamanho que ela. Ia fazer amizade com ele hoje, dar uma flecha de presente, que trouxera. Todo guarini gosta de uma.

Hoje os canis estão com raiva no rosto. Estão caçando. Amanaci observa. O pajerama tinha dito que não era bom dia para caçar, mas parecia que os canis não ligavam para isso. Tinham arma de fogo.

Amanaci tem uma ideia. Vai correr e ajudar os canis a encontrarem as melhores trilhas, para pegar caça. Levanta-se devagar para escorrer na encosta até o vale onde eles passarão.

Um sagui pula perto de Amanaci. O susto. Ela não grita. Ouve-se o disparo.

Amanaci ainda vê o guirá voar de novo, mas o céu começa a ficar preto e ela fecha os olhos pela última vez. Cy.

A caravana corre para acudir. Não era um animal. Era uma menina. Os cabelos pretos e lisos espalhados na grama. Uma flor na mão. Uma flecha na outra.

Erraram o alvo.

O garoto de olhos azuis observa a menina inerte. Os índios o fascinam e assustam. Quem seria ela? O pequeno Jules jamais soube. Ficou guardada sob o capim, que foi cuidadosamente colocado sobre a terra com que a menina foi coberta.

Adulto, voltou ao local, numa expedição. Tinha esquecido a história, até que viu um pássaro pousado em um galho, à beira da estrada onde passara, menino, anos atrás. E o índio que o guiava relatou para todos a história do pássaro que sempre pousava ali pelas manhãs.

A lenda dizia que o guirá cantava cada vez que um sagui pulava de uma árvore para outra, e que seu canto era o lamento pela morte de uma índia menina. Ela morrera picada por uma ami, zangada por não conseguir reproduzir em sua teia a beleza dela. Na pequena montanha de terra onde ela dormia para sempre, nascia uma flor, a cada ano, a *flor de amanaci*. Era uma flor que se costumava dar de presente antes das caçadas, como gesto de amizade, para desejar boa sorte.

ESQUIFE

Antes de me guardar na terra, quero me guardar na vida. Quando a chuva chover sobre mim, quero que me ache brotando de tudo que fui e levei comigo a cada dia.

Olharei com olhos fechados uma realidade da qual quis correr, e agora me abraça, finalmente parada.

A realidade me abraça, esquife que me detém os braços. Mas ainda estou viva! Que cama é essa que está sobre mim? Porque quero correr e abraçar a todos, amar, fazer o melhor. Mas subitamente me noto deitada, paralisada, esquife invisível, terra a me cobrir.

Algo come meus poros, invade meu ser e deteriora aquilo que não sou mais.

Putrefata, quero gritar — mas não há garganta.

E nem lágrimas mais há, por isso me calo, deitada, vendo não-vendo a realidade passar sobre mim, os passos apressados, as palavras engolidas que trarão indigestão ou vômito, mas ficarão repudiadas nos olhares.

Zumbis perfumados e penteados, carniça prepotente. O buraco do mundo me engoliu e eu procuro inerte o silêncio do túmulo. Até as flores têm cheiro de velas feias, porque todas as velas de mortos são feias, enquanto as dos vivos têm brilho de beijo em jantar romântico.

A forma parece poesia, mas é longa como um esquife. Nunca escrevi sobre a morte, mas nunca a vivi, tampouco.

Adivinho que ela é gelada e nostálgica, dura e seca, e fede. Fecho as narinas, a boca, o olhar, fecho o vidro do carro, fecho as janelas. Fecho a mim mesma.

A morte não entra.
O ar não entra,
o sol não entra,
o amor não entra,
a chuva chora.

E eu deitada. Quando estive de pé? Então, não escrevi. Agora, quedada, quero correr campinas.

Fechou-se a tampa. Desceu o escuro, desceu à cova, desceu de si. E viveu morta.

LADY MENINA

Alguns diriam que ela tem gestos despre-
zíveis para tudo ao redor. Mas a verdade é que seus passos de veludo pela manhã
anunciam sua leveza interior, inclusive ao emitir
aquele som irresistível dos felinos, quando que-
rem comida. Ela pede mais dengosa que todos
os gatos juntos: "Miau? Alguém pode me servir?
Estou com fome".

Quem ousa não atender? Se alguém ousar,
vivenciará os próximos dez minutos mais facei-
ros do dia: ela se jogará ao chão, encolherá as
patas, a barriga branca para cima, a capa preta
e marrom embaixo, como um lençol de pelos,
tudo compondo um colorido ainda mais colorido, e ela olhará com olhos de um azul cor
do céu, por alguns segundos, para perguntar de
novo: "Miaaauu? Que mais preciso fazer para alguém me atender?"

Não atenda, e você verá as unhas de Lady Menina arranhando alguma coisa, em geral algo muito importante, que não poderia ser arranhado — o estofado da sala, o colchão da cama, um pufe. Ignore e algo pior poderá suceder — ela virá aos seus pés, inicialmente roçando em você, para em seguida dar uma mordidinha de surpresa. Mas então não vai miar de novo, vai desaparecer em seguida — sabe que está perto de ouvir seu nome, "Lady! Olha o que você fez!" Não, ela não vai olhar, esqueça.

A única gata do mundo que gosta de água. Lava o rosto na torneira, se o fio de água é deixado propositalmente a correr para ela dar o prazer de seu espetáculo particular — que tantos já sugeriram colocar nas redes sociais. Mas a única rede de que ela gosta é a que fica armada no quintal.

Ratos? Nem pensar. Ela não ingere nem ração do dia anterior, que dirá roedores! Ui. Seu banho matinal é prova do asseio irretocável a que ela se dedica por iniciativa própria. Não espera elogios, basta-se e sabe-se linda e cheirosa.

Certa vez, uma baratinha entrou pelo portão. Lady, encantada com o brinquedinho vivo, chegou perto, observando, interessada. O instinto brigando com a curiosidade. A baratinha fingindo-se de inerte. Lady fingindo-se de comadre dela. O diálogo deve ter sido algo assim, "Perdida por aqui, comadre?", "Oh", deve ter dito a barata, "apenas procurando a saída." A última vez que vi a baratinha, estava de pernas para o ar, agitando as patinhas em ritmo frenético, quem sabe tentando chamar o número de emergência das baratas, mas seu celular já devia ter ido pelos ares também, talvez arremessado quando ela caiu de costas, acertada pelo golpe de ninja da patinha de Lady, a gatinha samurai, que cai em pé como as ginastas olímpicas, seja qual for a altura de que pula, quando, engenheira, calcula a distância perfeita do salto.

Tinha nojo de baratas, enfim. Sentou-se ao lado da barata, observando-lhe os movimentos, e por fim se entediou. Deu vontade de um pouco de ração fresquinha. Cansara-se da brincadeira das patinhas da barata agonizante. Então saiu, desfilando seus passos descansados, rumo ao prato que ela exige ser sempre o mesmo — de vidro e limpo.

Cheira a ração e senta-se de novo. As orelhas indicam o tédio felino diante de tanta displicência: como não colocaram ração nova ainda? A água é inodora, mas Lady faz questão de cheirá-la, para ter certeza, talvez, de que veio do filtro. Feliz, se deitará no piso fresquinho, perto do piano, em cujas teclas adora caminhar de vez em quando — a gata pianista.

É preciso entender que ela gosta dos momentos de reunião em família, e por isso pega seu lugar antes de todos. Não se deve removê-la de sua cadeira favorita, sob pena de que ela externe com olhos semicerrados e orelhas abaixadas o quanto considera aquele gesto uma falta de delicadeza. Irá, então, para um canto, e de lá observará a todos se alimentando, rainha promulgando editais ininteligíveis para seus súditos.

Segue os da casa pelos cômodos. Gosta de cheirar as flores. Aprecia música clássica. É Lady. Parceira, ela se esparrama no tapete, aos meus pés, durante as madrugadas de trabalho ou necessária criação escrita. É como uma criança pequena e delicada, quando quer apenas ficar perto.

Enquanto escrevo este texto, se posta ao lado, como a conferir se está sendo retratada à altura de sua majestosa elegância. Ronrona quando acariciada no queixo ou na cabeça, feliz pela atenção que exige para si, unicamente quando quer — há outras ocasiões em que é vã a tentativa de pedir que ela fique, dama indiferente, preocupada apenas com seu andar gingado enquanto se afasta, não importam os rogos. Ela não negocia sua atenção.

Passeia no jardim de inverno da casa e tem

predileção por algumas flores: ali se demora, como a avaliar o perfume de cada uma. Não se arrisca a namoros, Chico Buarque a teria incluído em sua canção "Os Saltimbancos". Ela ronronaria, com seu peculiar "miau?" quando chamada, quem sabe pleiteando o papel principal.

Dizem que é folgada e espaçosa, mas pensando bem, ocupa um espaço delicado em nossos dias. Silenciosa, discreta, presente. Observadora, fecha os olhos azuis apenas pela metade quando o assunto não a interessa tanto, e dorme pelo tempo que quer. Não compartilha de minhas peripécias com agendas e horários. O mundo dos gatos não tem compromissos ou hora marcada no cabeleireiro.

Sem ela por perto, falta algo de delicado no ambiente, como nos filmes clássicos haveria falta da atriz que empresta beleza à cena caso ela não estivesse ali.

Lady Menina cochila, enquanto termino este texto. Vou colocar, então, o ponto final — sinto que ela aprovou sua charmosa biografia registrada aqui.

PIQUE-ESCONDE

1965. A moça tinha traços elegantes. Morena, bonita, clássica. O rapaz tinha um olhar calmo, observador. Trabalhavam na mesma empresa.

Um dia se perceberam.

A primeira vez que ela se escondeu foi atrás dos gestos: baixou a cabeça, tímida, quando os olhares se cruzaram no corredor. Ele a encontrou, mais tarde, enquanto caminhavam, cada um indo para uma direção na empresa.

A segunda vez foi no refeitório. Ela preparou o prato, pegou a bandeja e já ia sair, quando ele cruzou bem na sua frente, carregando também uma bandeja com seu almoço. Se esbarraram, e o cuidado para que a comida de ambos não caísse das respectivas bandejas os fez sorrir pelo susto. Tudo equilibrado, se olharam de novo. Foi nessa segunda vez, quando ela baixou o olhar, tímida, que ele percebeu um lampejo que o fez se lembrar daquele momento pelo resto do dia de trabalho.

Era uma empresa multinacional. O presidente havia proibido que funcionários tivessem qualquer envolvimento amoroso, e ambos sabiam da rígida regra. E para fazê-la valer, o presidente, pessoalmente, havia contratado um supervisor-geral, que se mostrou um verdadeiro cão de guarda! Investigava rumores de flerte entre os funcionários, e uma coisa era certa: rua!

Em lugar de supervisionar o que acontecia na empresa — a produtividade, os detalhes, enfim, de uma corporação —, sua tarefa principal era vigiar de perto todos os gestos e comportamentos de todos, evitando a qualquer custo que coleguismos se tornassem compromisso de namoro, caso em que seriam sumariamente demitidos, e todos da empresa sabiam bem disso.

Mas o rapaz estava determinado a fazer corte à jovem funcionária. Isso exigia dele um malabarismo diário: chegava antes do horário, arranjava conversa logo cedo, entrando em alguma roda de amigos perto da portaria, só para vê-la passar quando chegasse. Ela o olhava, e sorria com os olhos, apenas. Aprenderam o código dos apaixonados.

Logo que ela entrava, ele esperava um pouco, entrava também. Próxima ocasião: pausa do trabalho para almoçar. Era a melhor hora do dia: dispunham de uma hora inteira para almoçar, e depois caminhavam no pátio da empresa. De longe, com gestos imperceptíveis, conversavam, furtivos. Escondiam-se e se encontravam, brincavam de pique-esconde todos os dias, mas dessa vez não contavam até cinquenta e nem se procuravam abertamente. Tudo acontecia sob o olhar investigativo do supervisor, sem que ele notasse nada.

O último momento em que se viam era ao final da tarde, quando a fábrica abria os portões para todos saírem, aos poucos. Ele se esgueirava entre todos para sair junto com ela. Sem dúvida, era o momento mais sublime do seu dia, pois conseguia caminhar a poucos passos da mulher com quem sonhava mais tarde, já em casa, olhando o teto. E foi enquanto olhava o teto, pensando, que se determinou: ia pedi-la em namoro no dia seguinte.

Foi na saída. Tinham atravessado o portão, quando ele conseguiu ficar ao lado dela — o supervisor já ficara para trás, estavam na calçada. "Senhorita?" Sem olhar para ele, o coração disparado, ela respondeu "Sim?" Ele esperou algumas segundos.

"Pode olhar para mim por um momento, senhorita?"

"Com qual propósito, senhor?"

Ela permanecia olhando para frente — alguém podia vê-los e dizer ao supervisor, e ela não podia perder aquele emprego! Foi inesquecível quando ele falou em seguida. "Por favor". Ela o olhou. E ele, finalmente, disse: "Permita-me a honra de cortejá-la a partir de hoje?"

Silêncio.

Ela espera, até que as palavras se assentem em seu coração. Tinha a resposta pronta há dias. "Faço muito gosto, senhor. Está aceito o seu pedido. Até amanhã!"

Foi assim o começo da aventura. Todos os diálogos eram à distância, mas isso não durou muito. Acharam um modo de se encontrar fora da empresa. Ele foi à casa dos pais dela, poucas semanas depois, e pediu a mão dela em noivado. Ela conheceu os pais dele. Fizeram gosto.

O almoço em família foi discreto e acolhedor, mas pairava no ar o receio de uma demissão iminente — também as famílias sabiam das normas da empresa, e receavam que os jovens sofressem a retaliação.

A felicidade dos dois era notável, mas sempre discreta. Aprenderam a conviver assim, sem atrair olhares, histórias ou confidentes.

Passou-se um ano. Mas, inesperadamente, o supervisor ouviu um rumor qualquer, em uma tarde, enquanto conferia alguns documentos. Levantou-se imediatamente. Descobriria quem eram os rebeldes que estavam burlando a regra da empresa e os demitiria no dia seguinte!

Não descobriu e nem demitiu. Passou-se o segundo ano.

Ela se escondia atrás das coisas mais simples, para que ele a encontrasse com o olhar. Ele escondia o sorriso atrás dos afazeres. Escondiam o amor sincero e gentil que mantinham. Eram jovens e muito responsáveis, não desobedeciam à ordem — porém, jamais a cumpririam de novo. Achavam ocasião de se encontrarem. Passou-se o terceiro ano.

Começaram os preparativos para o casamento. Ela escolheu as flores, os doces, os bem-casados. O vestido foi medido pela última vez em uma noite, em casa, após o trabalho. Era elegante, curto, os botões davam o tom de modernidade. Em lugar de cristais e flores no cabelo preso, usaria fitas, num penteado igualmente elegante. O noivo também preparou os detalhes de seu traje. Como era magro, o terno lhe caiu muito bem. Ambos escolheram uma igreja com janelas amplas e bancos de madeira de jacarandá. A família compareceu, as crianças correndo à volta da mesa onde foi colocado o bolo de três andares, as bebidas, os salgadinhos. Chegou o momento das fotos. Finalmente eles não precisavam se esconder mais.

Era setembro de 1969 quando se casaram. Seu casamento seguiu firme pelos mais de quarenta anos seguintes. Parceiros e cúmplices. Agora se descobrem entre risadas ao contarem sua história.

Ah! Quanto ao supervisor, ele deve estar tentando confirmar os rumores até hoje — será que os jovens de quem ouvira falar realmente namoraram? Ele nunca mais se livrou da mania de vigiar os outros. Foi trabalhar como carcerário, anos depois. Jamais desconfiou da brincadeira dos dois jovens, pique-esconde, como eles gostavam de dizer que era o dia a dia da fase inicial de sua história a dois.

A foto de ambos, feita no dia do casamento, está emoldurada por um porta-retratos que eles olham com carinho. Ambos já grisalhos, avós, vivendo seus dias de aventura reinventada em brincadeiras diárias, gostam de recontar como tudo começou: é sua aventura favorita.

E o presidente da empresa? Bem, anos depois, soube-se que havia se divorciado e casado com uma das telefonistas da mesma empresa por quem se apaixonara, tendo mantido a relação em segredo por anos. Como tinha esquecido o que era ser criança e não sabia brincar de pique-esconde, não teve a mesma diplomacia. Acabou ele mesmo sendo demitido.

A Fã

A pizzaria era famosa em São Paulo. Caminhando animada, ela se dirigia ao local onde seria o lançamento do livro. O entusiasmo de uma vida inteira admirando a famosa escritora tomava conta dela: ia conhecê-la pessoalmente, sua escritora favorita, naquela noite!

Noite amena, movimento nas ruas. Era perto da Paulista. A escritora era Lygia Fagundes Telles, a musa das cirandas e das texturas nas tramas. Ela era a Fã, estudante de Literatura. O momento seria inesquecível.

Parou no caminho: que presente daria a ela? Seria elegante levar um vinho, talvez? Num impulso, entrou em uma loja de vinhos e comprou um *sauvignon*.

O lugar era uma pizzaria sofisticada, e Lygia

estava em um mezanino. Era o lançamento do livro de uma pessoa a quem ela quisera prestigiar. Ela subiu os degraus que conduziam ao lugar onde Lygia estava. E então a viu, em uma das mesas mais ao fundo.

A fumaça do cigarro que ela fumava fazia antever uma sofisticação inquieta, em contraste com o olhar direto e pousado. Ela parecia pairar no lugar, quase alheia a toda a festa à sua volta. Dava a impressão de estar sempre pensando. *Igualzinha!* — pensou a fã.

Escolheu uma mesa de onde pudesse observá-la, e conseguiu ficar longos minutos fotografando mentalmente seus gestos elegantes, seu jeito gentil. Pareceu-lhe objetiva e frágil.

Talvez os personagens a visitassem ali mesmo. Ela parecia ouvir diálogos invisíveis entre seu mundo interior e o barulho animado à sua volta. Permanecia atenta por alguns minutos em um mundo, e por outros minutos no outro. Pairava.

A fã queria poder se sentar com ela e perguntar sobre todos os personagens, como estavam? Sim, porque eles conviviam com ela, de algum modo, tamanha a precisão com que existiam em suas obras. Mas Lygia estava ali e não estava. Apenas observava tudo, fumando. Apenas ali.

Quase hora de ir embora e a fã não tinha se aproximado da escritora ainda. Começou a se angustiar — e se não tivesse outra chance? Então chamou o amigo que a convidara para seu lançamento. "Pode ser agora? Posso conhecê-la agora?" Ele, solícito: "Claro! Venha comigo".

Momento mágico: a fã e a escritora.

Parada, frente a frente com Lygia, o coração dela se acelerou. *Que honra!* — pensou. Lygia ia olhar para ela e dar alguma bênção especial, dessas que as escritoras dão quando atendem a um fã. Ouviria seu cumprimento entusiasta, e o quanto era sua fã mesmo. "Ah!", ela talvez sorrisse, "então você é minha fã? Conte-me, o que faz? Você é escritora? Venha tirar uma foto comigo! Vamos conversar, criar um personagem, uma trama!"

Mas não foi bem assim. Lygia sorriu, polida. Estendi o livro que tinha em mãos para que ela autografasse. E ela o dedicou a mim, delicadamente. "Lembrança muito afetuosa — de Lygia Fagundes Telles." E acrescentou a seguir, "Primavera de 2005". A fã olhava o deslizar da caneta, encantada. Aquelas mãos haviam criado universos e vidas que tocaram a sua própria, e ela estava tão perto, a estrela das letras que dançam em ciranda aberta. Lygia sorriu gentilmente ao levantar a cabeça e olhar para ela, estendendo-lhe o livro, que ela apertou ao peito, após abrir e ler a dedicatória. Realmente, uma lembrança muito afetuosa.

A fã dá um beijo na escritora que embalara suas noites, sua adolescência, sua juventude. De volta à sua mesa, olha o livro dedicado, afetuosamente. Podia ir embora agora. Então se levantou, despediu-se dos conhecidos, e saiu.

Naquela noite, escolheu a melhor prateleira para o livro autografado pela diva literária.

Em seu coração era também primavera — ideias floresciam, desejo de um dia ser escritora também. Sorriria para os fãs e os inspiraria. Autografaria seu próprio livro, que se tornaria uma lembrança muito afetuosa.

O dia do lançamento de seu livro chegou. Dentre as pessoas que vieram com seu livro nas mãos, para autografar, uma moça a fez recordar a lembrança que vivera.

"Qual o seu nome, por favor?"

"Lygia, com 'y'", dissera a jovem, meigamente.

A fã, agora escritora, sorriu. Não havia fumaça, nem barulho. Mas havia o afeto entre uma escritora e sua fã. Ela começou a escrever a dedicatória, assinou seu nome, e o devolveu sorrindo à fã: "Espero que goste, Lygia!"

"Obrigada!", respondeu a fã.

OUTONO

Por trazer a possibilidade como semente e sair do coração, nascida das batidas lentas como o ritmo da brisa, ou aceleradas como uma rajada de vento, por tudo, a literatura é outono.

O par e o ímpar empatam. Falta sempre um minuto para o futuro. É onde poesia e prosa marcam encontro, onde a esperança rejuvenesce.

Algo já se foi, mas algo advirá, novo, sempre, pulsante, brotando da alma e dos sonhos de quem aprendeu a conquistar as palavras e desenhar com elas quadros sem precedentes.

Outono. Vale a pena sentir o calor, mas pode ser que esfrie. Entressafra das estações definidas.

Indefinido por definição.

É preciso saber contar todas as cores, perceber os gestos e sorrisos cotidianos. Saber fotografar com o coração. Eternizar tudo, menos o nada.

É outono o cotidiano.

Sou eu quem define a estação que a ele se seguirá. Somente a lembrança ficará, como a folha singela que um dia foi orgulho da árvore de onde se desprendeu, voou e pousou multicor ao lado de todas as demais.

As demais estações são preâmbulos de cada outono. Nele, os cotidianos se misturam, como as cores que compõem a beleza das paisagens.

Quem não sente o outono, permanece ansioso, esperando estações definidas.

E a vida é a mistura de todas as estações cotidianas, traduzida em letras invisíveis que só o coração sabe escrever.

Esta obra foi composta em Adobe Garamond
13/14. Impressa com miolo em offset 75g e
capa em cartão 250g,
por Createspace/ Amazon.